HÉSIODE ÉDITIONS

AMÉDÉE ACHARD

Thérèse, souvenir d'Allemagne

Hésiode éditions

© Hésiode éditions.

1 rue Honoré - 93500 Pantin.
ISBN 978-2-493135-12-4
Dépôt légal : Septembre 2022

Impression Books on Demand GmbH

In de Tarpen 42
22848 Norderstedt, Allemagne

Thérèse, souvenir d'Allemagne

Un matin, en se levant, un jeune homme de Paris, qu'on appelait Gérard de N..., reçut une lettre de son notaire, qui le priait de passer chez lui. Ce notaire était d'un caractère méthodique et silencieux, il ne lui écrivait jamais que dans les circonstances urgentes, Gérard se rendit donc sur-le-champ à son étude, et un petit clerc l'introduisit dans le cabinet de son patron.

Le notaire montra à son client un vieux fauteuil de cuir, et, lui présentant un papier :

– Vous avez, dit-il en s'adressant à Gérard, une parente en Allemagne ?

– Une parente ?... C'est possible, je ne sais pas.

– Je le sais, moi. C'est une sœur de votre grand-père. Elle vient de mourir sans laisser de testament. Vous êtes son plus proche héritier. Voyez s'il vous convient de réclamer la succession ou de la laisser aux collatéraux.

– Et cette succession est-elle considérable ? demanda Gérard.

– Cent mille écus à peu près. Voici les titres qui constituent vos droits.

Si riche qu'on soit, cent mille écus ne sont pas chose qu'on dédaigne. – C'est bien, reprit Gérard. Cela me contrarie un peu à cause des courses de Chantilly qui vont commencer, mais je partirai.

Il se leva, mit les papiers dans sa poche, prit sa canne et salua le notaire.

– Vous ne me demandez seulement pas où il faut aller pour recueillir l'héritage ? s'écria le tabellion d'un air bourru.

– Tiens ! c'est vrai ! Vous m'avez dit en Allemagne, je crois...

– En Allemagne ! en Allemagne ! vous chercheriez longtemps s'il vous fallait faire le tour de l'Allemagne ! C'est à D... que votre tante est morte !

Gérard sortit là-dessus et partit le jour même.

L'homme de loi auquel le jeune héritier s'adressa en arrivant à D... trouva que les droits de Gérard étaient incontestables ; mais la succession de la bonne dame était embarrassée d'affaires litigieuses qui devaient en rendre la liquidation lente et laborieuse. Trois semaines s'écoulèrent sans que Gérard pût encore prévoir le moment où finiraient les inextricables difficultés qui surgissaient de toutes parts. Les trésors du fameux jardin des Hespérides étaient moins bien gardés que les cent mille écus que Gérard était allé chercher en Allemagne. Il attendait néanmoins avec patience un dénoûment chaque jour promis et chaque jour reculé, mais dans cette attente il s'ennuyait. Une lettre qu'il écrivit à cette époque à un de ses amis de Paris donnera une idée de son ennui.

« Ce 7 mai 185...
« Mon cher Henri,
« Le croirais-tu ? je bois de la bière et je fume dans une grande pipe dont le fourneau de porcelaine blanche est orné des portraits authentiques de Faust et de Marguerite, Voilà à quelle extrémité m'a réduit la vie que je mène ici !

« Je commence le jour par une chope et je le finis par une pipe. C'est le chemin de l'abrutissement. Cette chope et cette pipe croissent et multiplient : elles naissent les unes des autres. Encore trois mois, je me surprendrai en flagrant délit de conversation allemande, et je ne me reconnaîtrai plus.

« On parle quelquefois de l'ennui à Paris ; certaines personnes même ont la prétention de l'avoir éprouvé : quelle fatuité ! L'ennui français, l'ennui parisien surtout est une distraction : il jette de la variété dans la vie. On ne connaît l'ennui qu'à D… Il y est né, il y habite, et jamais il n'émigre. Le jour même de votre arrivée à D…, il vous rend visite. Le lendemain, il boit et fume avec vous. On n'a pas d'ami plus fidèle.

« Les hommes d'affaires entre lesquels je distribue mon temps sont bien certainement les plus honnêtes gens du monde, mais ils ont le malheur de se ressembler tous, et cette continuelle ressemblance est une des choses les plus monotones qui se puissent voir. Il en est ici des maisons comme des hommes : il n'y a qu'une architecture comme il n'y a qu'un caractère. L'hôtel où je suis descendu est vaste, grand, haut et carré comme une caserne. Dès qu'on a passé le Rhin, on rencontre cet hôtel partout. Des fenêtres de mon appartement, je vois manœuvrer l'infanterie prussienne, et ce spectacle constitue un de mes plus vifs divertissemens. De ces mêmes fenêtres, je vois encore les arbres du parc de D… Ce parc est fort beau, et on y entend le soir la musique militaire du régiment qui tient garnison dans la ville. Cette musique est très bonne, mais je suis le seul à l'écouter. Personne ne se promène à D… Si on voyait en une semaine, dans la principale rue de la ville, passer autant de monde qu'on en rencontre dans une rue de Paris en une heure, le gouvernement croirait qu'une révolution va éclater, et ferait prendre les armes à sa troupe.

« Le garçon d'hôtel qui me sert m'avait d'abord amusé. Il est si bête ! Comme je lui demandai des renseignemens sur D…, Samuel, – c'est son nom, – sourit d'un air béat. – Ah ! monsieur, s'écria-t-il, les femmes y sont rouges comme des cerises et rondes comme des pommes. – Après quoi, il s'en alla en branlant la tête comme un magot. Évidemment sa comparaison l'avait rempli de joie.

« La bêtise n'est malheureusement pas un plaisir qui puisse égayer longtemps. Samuel ne me suffit plus, et cependant il rit toujours quand il me regarde. Il faut croire qu'il y a dans mon visage quelque chose qui excite son hilarité.

« Si maintenant tu me demandes à quelle époque je quitterai D…, je te répondrai avec mon homme d'affaires : bientôt ; mais comme on ne se lasse pas de me répéter ce mot sur tous les tons depuis le jour de mon arrivée, je crois bien qu'en allemand il signifie : jamais.

« Et vous avez le boulevard, et vous avez l'Opéra, et vous avez Paris, ingrats, et vous vous plaignez ! Je me suis plaint aussi. Voyez comme j'ai été puni ! Prenez garde d'être condamnés à six mois de D…

« Je sais bien que les personnes avec lesquelles je suis en relation m'ont engagé à passer la soirée chez elles ; on m'a même invité à de grands dîners où chacun des convives riait pendant cinq minutes en souvenir du mot spirituel dit par son voisin un quart d'heure auparavant. Après le dîner, il y avait symphonie au salon, ce que les Italiens appellent musica da camera, quelquefois on valsait un peu entre fiancés ; mais à la quatrième soirée l'expérience m'a démontré que mon ennui solitaire valait mieux que ces plaisirs, et dès lors j'ai renoncé à les goûter. Ma pauvre bonne tante ne saura jamais ce que son héritage me coûte. Peut-être m'objecteras-tu qu'il m'est loisible de l'abandonner aux collatéraux. Oui, sans doute, mais j'y mets de l'entêtement ; j'ai commencé, je veux finir. Et puis une retraite, ne serait-ce pas la victoire de l'Allemagne sur la France, un souvenir de Rosbach ou de Leipzig ? Non, l'honneur me défend de céder, et je ne céderai pas.

« Je t'ai parlé tout à l'heure du parc de D… et des promenades auxquelles on s'y livre quelquefois. L'autre jour, j'y ai fait une rencontre du genre féminin. Ne va pas crier à l'aventure ; il n'est question de rien moins que de cela. Il était quatre heures. La musique militaire jouait une valse de Strauss. Au détour d'une allée, j'aperçus sur un banc une jeune fille, qui me parut jolie, en compagnie d'une vieille dame. Comme je la regardais, la jeune fille sourit et me fit un petit salut de la tête. Je jetai les yeux machinalement derrière moi pour voir si ce salut ne s'adressait pas à quelqu'un que je ne voyais pas. Il n'y avait personne dans le parc. À quelques pas de là, je me retournai. La jeune Allemande s'était levée et s'éloignait ; en s'en allant, elle sourit de nouveau et me fit de la main un léger signe d'adieu.

« Il me sembla bien que j'avais déjà rencontré cette jolie fille deux ou trois fois dans mes promenades ; mais bien que je retournasse au parc tous les jours, je restai toute une semaine sans l'apercevoir. Elle portait une profusion de rubans bleus qui ne pouvaient manquer de la faire reconnaître. Hier enfin, à la même heure, je l'ai retrouvée sur le même banc, avec les mêmes rubans bleus, et en compagnie de la vieille dame que j'avais remarquée déjà. Elle sourit en me voyant, et me salua d'un mouvement de tête amical. Je n'étais pas seul malheureusement ; mon diable d'homme de loi me tenait par le bras, et me conduisait chez un confrère. Il ne fallait pas songer à le quitter ; je passai donc sans m'arrêter. J'imagine que j'ai valsé dans quelque salon de Paris avec cette Allemande l'hiver dernier, et qu'elle veut me montrer par ce sourire et ce salut qu'elle me reconnaît. L'ennui est un puissant conservateur.

« Je te vois d'ici, mon cher Henri, secouant la tête et faisant la moue !… Tant de lignes pour une rencontre, et le pauvre garçon s'en occupe ! Quelle décadence !… Que veux-tu ! Je suis à D… »

Ce que la lettre de Gérard ne disait pas, c'est qu'il était déterminé à retourner au parc tous les jours et à s'y promener jusqu'à ce qu'il pût retrouver la jeune fille aux rubans bleus et entrer en conversation avec elle. Il craignait seulement que la présence de la vieille dame ne le gênât un peu. Le hasard le servit à merveille. Dès le lendemain, il aperçut la petite Allemande sur son banc, et il ne fut pas plus tôt auprès d'elle, qu'elle inclina doucement la tête en le regardant. Gérard s'approcha sans hésiter.

– Je savais bien que vous reviendriez, dit-elle en lui tendant la main.

La simplicité de cet accueil déconcerta Gérard. – Mais, répondit-il avec un sourire fade, je vous avais vue, il était donc certain que je reviendrais.

Cette réponse était peut-être d'un goût douteux, et tout au moins le compliment qu'elle renfermait était-il d'une désespérante banalité ; cependant la petite Allemande le reçut comme s'il eût été le plus charmant du monde.

– Alors pourquoi vous faire attendre si longtemps ? reprit-elle d'un air de reproche.

Gérard se retrancha derrière la timidité, qui, à vrai dire, n'était pas son défaut ; il n'avait pas osé, il n'avait pas pu ; il s'embrouilla, et balbutia un peu. La jeune fille secoua sa tête blonde. – Tout cela serait très bon si nous nous connaissions d'hier, dit-elle ; mais entre nous pourquoi tant de façons ?

Pour le coup Gérard se trouva fort embarrassé ; il ne douta plus que l'Allemande et lui ne se fussent rencontrés dans quelque bal, à Paris ; mais il eut beau la regarder avec attention, ses traits ne lui rappelaient aucun souvenir. Il cherchait quelques mots pour répondre, lorsque la fille aux rubans bleus poursuivit avec vivacité :

– Vous viendrez nous voir, ma maison est tout près d'ici ; il y a un beau jardin avec une porte verte entre deux buissons de clématites et de chèvrefeuilles. Le soir, quand il fait clair de lune, c'est charmant. Nous prendrons du chocolat ; l'aimez-vous toujours ?

– Oui, répondit résolument Gérard, dont l'étonnement augmentait de minute en minute.

– Mais, reprit tout à coup son interlocutrice, pourquoi donc avez-vous changé de nom ? Vous vous nommiez Rodolphe autrefois, et j'ai bien entendu hier qu'on vous appelait Gérard. Gérard est très joli, mais j'aime mieux Rodolphe.

Gérard ouvrit de grands yeux et se gratta le front, cherchant une réponse, lorsque la vieille dame, qui jusqu'alors n'avait pas remué et semblait à cent lieues de la conversation, leva sur le jeune homme des yeux d'une expression si suppliante, qu'il s'arrêta court.

– C'est que, poursuivit la jeune fille, à laquelle les longs silences et les monosyllabes du faux Rodolphe ne paraissaient donner aucune surprise, c'est que vous voulez sans doute cacher votre retour à tout le monde ?

– C'est cela, dit Gérard.

– Eh bien ! moi, qui n'ai pas voyagé, je m'appelle toujours Thérèse.

– Vous avez bien fait, Thérèse est un nom charmant.

Gérard regarda par terre et se mit, avec le bout de sa canne, à tracer sur le sable des caractères fantastiques. Il sentait qu'il devenait stupide et regrettait beaucoup la fantaisie qui l'avait poussé à saluer Thérèse. Cette impossibilité où il était de dissiper l'erreur dans laquelle elle était tombée le gênait horriblement ; il voulait parler et ne savait que dire. Il pensait quelquefois que la petite Allemande était atteinte de folie, et le regard que sa vieille compagne avait jeté sur lui le maintenait dans cette idée ; mais quand il examinait Thérèse à la dérobée, rien dans l'expression de son visage calme et souriant, rien dans le vif et doux rayon de ses yeux ne venait confirmer cette supposition. Il était fort perplexe et craignait de trébucher à la première question que Thérèse ne manquerait pas de lui adresser. Il se taisait donc et se contentait de maudire cette fâcheuse ressemblance qui donnait à un Français la figure d'un Prussien.

La vieille dame, qui restait silencieuse, le nez dans un gros livre qu'elle semblait lire attentivement, le tira tout à coup d'embarras. – Ma chère enfant, dit-elle, voilà, je crois, le moment de nous retirer : il est cinq heures.

À ces mots, et sans répliquer, Thérèse se leva toute droite ; elle ajusta son mantelet et tendit de nouveau la main à Gérard. – À demain, dit-elle ; je vous ferai voir mon jardin. – Elle s'éloigna d'un pas tranquille au bras de la vieille dame, se retourna au coin de l'avenue et disparut, laissant Gérard tout étourdi de la rencontre qu'il venait de faire et de la conversation qui l'avait suivie.

Il rentra à l'hôtel fort troublé et fort indécis à l'endroit du rendez-vous que Thérèse lui avait donné pour le lendemain. Devait-il y aller ou ne plus reparaître dans le parc ? Mais ne plus y reparaître, c'était se priver de la musique militaire qui faisait sa principale, presque son unique distraction. Sa curiosité en outre était excitée. Naturellement il questionna Samuel pour obtenir quelques renseignemens sur Mlle Thérèse ; mais Samuel était originaire de Cologne, il n'habitait D… que depuis deux ou trois mois, et ne connaissait de la ville que les voyageurs qui la traversaient.

Gérard s'endormit sans avoir rien résolu, et vit en rêve les dossiers de sa succession entourés de rubans bleus avec des couronnes de clématites et son brave homme de loi qui dansait en robe blanche. Une visite matinale le tira de ces extravagances. Le bruit de sa porte qu'on poussait lui fit ouvrir les yeux, et il vit la vieille dame que Samuel introduisait dans sa chambre avec un sourire malin. Elle pria Gérard de ne pas se déranger, et s'assit sur un fauteuil au pied du lit.

– Mon Dieu ! monsieur, dit-elle à Gérard quand ils furent seuls, ma visite a lieu de vous surprendre ; mais je tenais à vous expliquer certaines choses que sûrement vous n'avez pas comprises. Peut-être même, après que vous m'aurez entendue, aurai-je un service à vous demander.

Elle se tut un instant, parut se recueillir, puis raconta à Gérard son histoire et celle de Thérèse.

La vieille dame s'appelait Mme de Lubner ; Thérèse était sa petite-nièce. En fait de parens, Thérèse n'avait qu'elle au monde avec des cousins éloignés qu'elle n'avait jamais vus et qui habitaient Berlin. La jeunesse de Thérèse s'était passée à la campagne, entourée de toute l'aisance et du luxe que donne une grande fortune ; les meilleurs maîtres avaient aidé à cultiver les heureuses dispositions de son esprit. Quant à son caractère, il était d'une douceur et d'une égalité qui ne se démentaient jamais. On remarquait seulement en elle un singulier penchant à la rêverie et au merveilleux.

Thérèse avait à cette époque un cousin germain du nom de Rodolphe, avec lequel s'était écoulée une partie de son enfance ; elle le revit à l'âge de seize ans, et ils vécurent ensemble dix-huit mois ou deux ans, après lesquels on les fiança. La vie de Thérèse était alors comme un frais et limpide ruisseau qui coule entre deux rives fleuries, sans bruit et sans murmure. Le père, qui avait des idées arrêtées sur les questions d'argent, voulut, aussitôt après ces fiançailles, que Rodolphe voyageât, prît une teinture du commerce, et, à défaut de fortune acquise, se mît en position d'en gagner une par son industrie. Le jeune homme partit donc pour l'Amérique, où l'un des amis de M. van B… avait de grands établissemens.

À peu de temps de là, M. van B… fut emporté en trois jours par une attaque d'apoplexie. On trouva dans ses papiers une lettre par laquelle il enjoignait à sa femme de suivre en tous points les instructions qu'il lui avait données pour le mariage de sa fille. Cette lettre arrêta Mme van B…, qui déjà s'apprêtait à écrire à Rodolphe pour le faire revenir. Elle se résigna, ainsi que Thérèse, à attendre le terme de quatre ans fixé par le défunt.

Rodolphe écrivait souvent, et ses lettres témoignaient des progrès qu'il faisait dans la science des affaires et de son application à obéir aux vœux de M. van B… Thérèse touchait à sa vingtième année ; déjà plus de la moitié du temps prescrit s'était écoulée lorsqu'on apprit un soir que Rodolphe était mort de la fièvre jaune à la Nouvelle-Orléans. La fatalité voulut que

Thérèse fût instruite brusquement de cette mort. Elle tomba par terre en recevant la nouvelle, et resta toute une nuit et tout un jour sans donner signe de vie. Toute la maison tremblait à la pensée du désespoir qu'elle montrerait à son réveil. Quand elle ouvrit les yeux, Thérèse sourit ; elle passa les mains sur son front et s'informa du motif qui faisait que tant de personnes étaient réunies autour d'elle. La tranquillité de ce réveil fut plus effrayante que n'aurait pu l'être l'explosion de sa douleur. Tout le monde la regardait avec des yeux épouvantés. Elle demanda pourquoi elle était couchée, et sur la réponse qu'on lui fit qu'elle avait été un peu malade, elle déclara que c'était bien fini, et qu'elle voulait se lever. Sa mère se sauva en courant dans une chambre voisine et tomba à genoux ; elle pleurait à chaudes larmes et criait que sa pauvre fille était folle.

Depuis cette malheureuse journée, Thérèse n'avait presque jamais parlé de Rodolphe ; il semblait qu'elle eût entièrement perdu l'usage de la mémoire ; le coup violent qu'elle avait reçu avait produit comme un vide dans une case de son cerveau. Cependant, en dehors de tout ce qui se rattachait au souvenir de son fiancé, elle était restée à peu près la même. On remarqua seulement que Thérèse se plaignait quelquefois d'une douleur aiguë à la tête. Elle avait toujours cette humeur égale qu'on lui avait connue au temps de son bonheur ; mais elle n'était plus gaie, et son penchant à la rêverie inclinait vers une sorte de mélancolie dont rien ne la pouvait tirer. Mme van B…, désespérée de l'état de sa fille, tomba dans une maladie de langueur qui fit de rapides progrès, et mourut en se reprochant d'avoir été la cause de cette catastrophe par une soumission trop absolue aux ordres de son mari.

Avant d'expirer, la pauvre femme avait appelé auprès d'elle une de ses parentes, Mme de Lubner, à laquelle elle avait demandé comme une grâce de ne jamais abandonner Thérèse, quoi qu'il arrivât. Mme de Lubner l'avait solennellement promis, et depuis ce moment la vieille dame et sa pupille vivaient ensemble dans cette même maison où la nouvelle de la mort de Rodolphe avait porté un si grand trouble.

La fin de sa mère ne parut pas produire une grande impression sur l'esprit de Thérèse. Elle pleura beaucoup le lendemain quand on s'opposa à ce qu'elle entrât dans la chambre où Mme van B… avait rendu le dernier soupir, se plaignant que tour à tour on la séparât de tous ceux qu'elle aimait. Elle en parla deux ou trois fois les jours suivans. On ne savait que lui dire, dans la crainte que la découverte de la vérité n'agît sur elle comme un coup de foudre : mais enfin, sur l'observation d'un vieux serviteur qui lui dit en balbutiant que sa mère était partie pour le ciel : – Ah ! oui, dit-elle : elle voyage comme Rodolphe. – Ce fut tout, et elle n'en demanda plus de nouvelles.

Cet amour du merveilleux, qui avait toujours paru chez Thérèse, se manifestait de plus en plus. On l'entendait quelquefois causer toute seule dans le jardin, comme si une personne invisible eût été là pour lui répondre ; elle parlait bas, élevait la voix, chantait et agissait en toute chose comme une personne qui aurait été sous l'empire d'une hallucination. Ce fut alors qu'elle contracta l'habitude de s'habiller de blanc, avec une profusion singulière de rubans bleus qu'elle attachait à son corsage, à ses cheveux, à son chapeau, à ses poignets. On finit par découvrir qu'un vieux pastel, qui se trouvait dans une pièce écartée et que Rodolphe aimait beaucoup, représentait une femme ainsi vêtue. Son esprit incertain attachait peut-être à ce costume une signification qui échappait à tout le monde ; peut-être voyait-elle dans cette robe blanche et ces rubans bleus la toilette des fiancées.

Chaque jour à cinq heures, – heure où la fatale nouvelle lui avait été apportée, – Thérèse tombait en syncope. C'était moins encore un évanouissement qu'un sommeil magnétique. On avait cherché quelque temps à combattre cette disposition, mais elle éprouvait alors une telle agitation, des transports si vifs et si violens, de tels accès de rires et de pleurs, qu'on dut renoncer à la contrarier. Ces sommeils ne duraient jamais plus d'une heure ou deux, et elle en éprouvait un soulagement singulier. Le mal dont elle souffrait à la tête augmentait ou diminuait d'intensité suivant que ce repos surnaturel avait été plus ou moins profond.

La vie des deux femmes était tout à fait calme et retirée. Elles avaient quitté le monde, et petit à petit le monde les avait oubliées. Elles ne sortaient presque jamais de leur maison, si ce n'est pour quelques promenades dans le parc de D… Cependant, depuis la rencontre qu'elles avaient faite de Gérard, Mme de Lubner avait remarqué que Thérèse montrait plus d'animation et plus de vie. Sa tristesse habituelle avait même un peu cédé ; on l'avait entendue rire. Le cœur de la pauvre femme en était épanoui. Elle y voyait comme l'aurore d'une guérison possible.

– Mais à quoi attribuez-vous cette familiarité qui tout d'abord m'a si étrangement surpris ? demanda Gérard à Mme de Lubner après qu'elle eut achevé son récit. Trouvez-vous quelque ressemblance entre ce Rodolphe dont vous parlez et moi ?

– Oui certainement, bien qu'elle ne m'eût pas frappée si Thérèse ne me l'avait fait observer, répondit Mme de Lubner. Le premier jour où vous vîntes à passer, elle me poussa le coude. – Chut ! me dit-elle tout bas et la bouche contre mon oreille, le voilà ! – Je ne compris pas d'abord, et je regardai de tous côtés. Un moment après, elle me pressa le bras, vous étiez près de nous, et Thérèse vous fit un signe de la tête. – Je vois bien, me dit-elle, qu'il ne veut pas être reconnu, mais certainement il nous viendra voir… Et comme vous vous éloigniez, elle ajouta : – Il est un peu changé, n'est-ce pas ? Il a tant voyagé !… Ces derniers mots furent un trait de lumière ; je compris tout. Elle voyait en vous ce Rodolphe, qu'elle n'a jamais pleuré et qu'elle a regretté jusqu'à la folie.

Mme de Lubner se couvrit le visage de ses mains.

– Que voulez-vous que je fasse ? dit Gérard. Si je puis vous être bon à quelque chose, disposez de moi.

Il fut convenu entre elle et Gérard qu'il retournerait au parc, et que si Thérèse lui demandait encore de la venir voir dans son jardin, il s'y rendrait ; mais surtout il promit de ne pas la tirer de son erreur et d'agir en toutes choses comme s'il eût été réellement Rodolphe. Mme de Lubner lui donna quelques indications qui devaient lui permettre de jouer son rôle, et ils se séparèrent.

Le jour même, quand ils se revirent, Thérèse ne manqua pas de dire à Gérard qu'elle l'attendait dans son jardin.

– Nous y serons seuls, reprit-elle, personne ne vous y verra ; ainsi ne craignez rien.

Il promit d'y aller, et s'y rendit en effet à sept heures.

La maison habitée par Thérèse était entourée de haies vives et d'arbustes comme une maison de campagne. Située à l'une des extrémités de la ville et décorée avec beaucoup de goût, elle avait un aspect souriant qui plaisait au regard : elle était blanche avec des touffes de roses le long des murs. Quand Gérard parut, Thérèse venait de sortir de son sommeil léthargique. Elle passa vivement son bras sous le sien et l'entraîna vers un berceau de jasmins et de chèvrefeuilles où ils s'assirent l'un près de l'autre.

– La lune va se lever dans une heure, dit-elle, nous prendrons du chocolat et nous ferons de la musique.

Elle battit des mains comme un enfant et regarda Gérard.

– M'aimez-vous ainsi ? reprit-elle ; j'ai pensé à vous en mettant ces rubans bleus.

Thérèse était une de ces femmes à qui le chapeau fait perdre une partie de leurs avantages. Tête nue, elle était charmante ; elle avait une grâce singulière dans tous les mouvemens et un son de voix d'une douceur extrême. Gérard, qui ne pouvait s'empêcher d'être ému en la regardant, la trouva donc ce qu'elle était réellement, très jolie et très séduisante. Elle avait dans l'esprit un tour original qui prêtait un grand attrait à sa conversation ; on n'y découvrait aucun trouble, aucun embarras, mais elle laissait voir une certaine exaltation dans toutes les choses qui touchent aux influences occultes, à la vertu des songes et des pressentimens, et cette exaltation mêlait un grain de bizarrerie à la fraîcheur de son esprit. Sur ces questions-là, elle se montrait intraitable.

– Que de fois vous avais-je vu avant de vous retrouver ! dit-elle à Gérard. Le matin même du jour où je vous ai salué pour la première fois, vous m'étiez apparu dans mon sommeil ; aussi n'ai-je pas été surprise quand je vous ai rencontré.

Elle voulut que Gérard lui racontât ses voyages. Grâce aux indications de Mme de Lubner, il s'en tira sans trop d'encombre ; mais, comme il allait finir, elle l'interrompit :

– Vous ne me parlez pas de la Nouvelle-Orléans ? dit-elle. N'y êtes-vous donc pas allé ?

Gérard éprouva un moment d'embarras.

– Oui, reprit-il enfin, j'y suis allé.

Il y eut un instant de silence, pendant lequel Gérard cherchait ses mots et arrangeait une réponse habile.

– J'y suis ! s'écria-t-elle ; vous n'avez fait qu'y passer, après quoi vous êtes parti… on n'a jamais su pour quel pays.

Tout en parlant, Thérèse chiffonnait les rubans de son corsage, les yeux en l'air, comme si elle eût cherché dans le ciel le nom du pays mystérieux vers lequel son ami avait dirigé sa course. Gérard tremblait qu'un éclair de raison ne lui fît entrevoir la vérité ; mais la lune, qui parut au-dessus de la haie, large et brillante, détourna les pensées de la jeune fille. Elle se leva d'un bond.

– Je vous l'avais bien promise, s'écria-t-elle, la voilà ! la voilà !

Elle entraîna Gérard au sommet d'un petit kiosque d'où l'on voyait la campagne, alors baignée d'une vapeur lumineuse, et, s'asseyant à ses pieds, elle posa la tête sur les genoux du jeune homme avec l'abandon naïf d'un enfant.

Les visites, une fois commencées, se renouvelèrent. Gérard éprouvait un charme indéfinissable dans la compagnie de cette aimable fille, dont l'esprit se dépouillait lentement, mais avec des grâces infinies, des voiles où la tristesse et le silence l'avaient quelque temps enlacé. Il ne pouvait dire s'il l'aimait ou si la pitié seule le ramenait à la porte verte du jardin ; mais il ne pressait plus les hommes d'affaires et les laissait complaisamment embrouiller l'inextricable écheveau de formalités dans lequel la succession de sa tante était prise comme dans un filet. Quand il rentrait le soir dans son hôtel, il se demandait bien quelquefois comment finirait cette aventure ; mais, comme il ne se sentait pas la force d'agir à la façon d'Alexandre tranchant le nœud gordien, il s'endormait et n'y pensait plus.

Mme de Lubner s'inquiétait bien aussi de cette rencontre dont le hasard avait fait une intimité. Quelles n'en pouvaient pas être les conséquences ! Mais le bien-être qu'en ressentait sa pupille, le calme, la joie, la vivacité qu'elle lisait dans ses traits ranimés par le souffle de la vie étaient autant de résultats qui faisaient taire la voix de la prudence. Dans l'existence pâle et déshéritée que lui avait faite le hasard, devait-elle priver Thérèse de cette suprême consolation ? Elle laissait donc conversations et promenades suivre leur cours.

Thérèse était bonne musicienne ; il lui arrivait souvent, le soir, quand la pluie ou le vent ne permettait pas de rester au jardin, de se mettre au piano, de chanter les mélodies de Schubert ou de jouer quelque sonate de Mozart. Elle ne le faisait jamais sans que de grosses larmes lui tombassent des yeux. Les Adieux surtout, qu'elle n'avait plus chantés depuis le départ de Rodolphe, produisaient sur elle une impression profonde. Elle pleurait dès les premières mesures et presque toujours était forcée de s'interrompre avant la fin.

Un soir qu'elle avait beaucoup pleuré, elle alla se réfugier dans le petit berceau où la première fois elle avait reçu Gérard. Il l'y suivit, en proie à un grand trouble. Elle était assise et regardait les étoiles. Le vent faisait pleuvoir sur sa tête les petites fleurs jaunies des jasmins. Des larmes étaient suspendues à ses cils.

– Qu'avez-vous, et pourquoi pleurer ? lui dit-il.

– Je ne sais !… Il y a des jours où j'ai le cœur si gros, qu'il faut qu'il éclate !… répondit-elle.

– Vous manque-t-il quelque chose ? reprit Gérard, que ce grand désespoir navrait un peu plus peut-être qu'il n'aurait voulu.

– Non, mais je suis comme une personne qui attend… quoi ? je l'ignore ; ce que j'attends n'arrive pas, et j'étouffe. Vous n'éprouvez donc jamais cela, vous ?

– Oh ! si ! répliqua Gérard, mais c'est lorsque je ne suis pas heureux. Seriez-vous donc malheureuse ?

– Non. Le bonheur que vous m'avez rendu me suffit, et cependant je me souviens de quelque chose que je ne me rappelle pas… Cela vous paraît étrange, n'est-ce pas ? Peut-être allez-vous me comprendre mieux que je ne me comprends moi-même. Je vous regarde, je vous reconnais, et pourtant il me semble qu'il y a deux Rodolphe, vous et un autre que je ne vois plus.

Gérard ne put s'empêcher de tressaillir à ces mots.

– Oui, reprit Thérèse avec force, vous avez bien les mêmes traits, mais ce n'est pas la même expression… Quand je ferme les yeux, le son de votre voix ne me dit rien ; le son de la sienne me ferait bondir au milieu du sommeil… Il me semble toujours l'entendre… La nuit, elle me tinte dans les oreilles.

D'un mot Gérard aurait pu expliquer tout ce mystère à Thérèse ; mais il lui était justement défendu de dire ce mot-là. Thérèse resta quelques minutes silencieuse, la tête dans ses mains ; Gérard n'osait la tirer de sa rêverie. Il se pencha vers elle tout ému et posa ses lèvres sur ses cheveux.

– Vous êtes bon ! dit-elle en relevant son front candide. Je vois bien que tout ce que je vous dis là vous fait de la peine ; mais ne craignez rien, mon ami, je vous aime de tout mon cœur.

– Moi aussi, je vous aime ! répondit Gérard.

Thérèse secoua la tête tristement.

– Oh ! ce n'est pas la même chose !… Il n'y a rien dans votre cœur qui ressemble à ce qu'il y a dans le mien.

Elle détacha vivement un des rubans bleus qui flottaient sur son corsage, et le chiffonnant autour de son doigt avec un geste mignon :

– Tenez, poursuivit-elle, il serait plus facile à ce ruban de changer de nuance, et de passer du bleu au rouge et du rouge au vert, qu'à moi de changer d'amour.

Ce mot produisit sur Gérard l'effet d'une étincelle électrique ; malgré lui, il passa ses bras autour de la taille de Thérèse et l'attira sur son cœur. Elle sourit, posa son front sur l'épaule du jeune homme et ferma les yeux. – On est bien ainsi, murmura-t-elle, et je voudrais dormir.

Les bras de Gérard s'ouvrirent, et il abaissa sur Thérèse le chaste regard d'un frère qui veille sur le sommeil de sa sœur.

En quittant le jardin cette nuit-là, Gérard était dans un état de trouble inexprimable. Au lieu de rentrer à son hôtel, il alluma un cigare et se promena au hasard dans les rues désertes de la ville. – Que diraient mes amis, pensait-il, s'ils me voyaient à côté d'une petite fille, échangeant avec elle des paroles confuses comme le brouillard, et chantant des barcarolles au clair de la lune ? De quel effroi ne seraient-ils pas saisis s'ils apprenaient que les petits rubans de son corsage me semblent plus redoutables et m'inspirent plus de respect que toutes les grilles et tous les maris du monde, que mon cœur, – un cœur de trente ans, – bat au contact d'un morceau de soie touché par ses doigts enfantins ! Je ne soupe plus, je dîne à peine, et je vis à D… comme si j'étais à quatre mille lieues du Café de Paris. Et s'ils savaient que j'oublie le bois de Boulogne, le boulevard, le club et l'Opéra, ne me croiraient-ils pas perdu ? Et si par étourderie l'un d'entre eux me demandait où ce beau roman me conduira, que répondrais-je ? Du diable si je le sais, et peut-être ne voudrais-je pas le savoir ! – Dans l'ordre des sentimens que Gérard avait connus, – caprice, amitié ou passion, – il ne trouvait rien d'analogue à celui qu'il éprouvait pour Thérèse. Ce sentiment était vif sans être violent, profond sans avoir d'avenir, sincère sans être sérieux. Peut-être serait-il plus simple de dire qu'il aimait comme la Providence voulait qu'il aimât dans ce moment.

Les soirées qu'il passait avec Thérèse avaient fini par devenir quotidiennes ; elles commençaient vers sept heures et n'étaient jamais terminées avant minuit. La conversation, la musique, la promenade, la rêverie, en faisaient tous les frais. Mme de Lubner, tranquillement assise dans un grand fauteuil, lisait ou faisait de la tapisserie ; quelquefois même elle s'endormait. On parlait bas alors pour ne pas la réveiller, et la soirée finie, Thérèse l'embrassait tendrement sur les deux joues ; Mme de Lubner ouvrait les yeux, et la jeune fille l'aidant à se lever : – Allons, ma bonne tante, lui disait-elle avec un gai sourire, il est temps de dormir, je crois ; voilà plus d'un grand quart d'heure que Rodolphe est parti.

Un matin, et tandis qu'il déjeunait, Gérard vit entrer son homme d'affaires comme un coup de vent.

– Victoire ! cria l'Allemand en faisant sauter son chapeau, nous avons rondement mené l'affaire (notez que le bonhomme y travaillait sans relâche depuis trois mois) ; je crois bien qu'au bout de la semaine on donnera les dernières signatures.

– Ah ! vous croyez ! répondit Gérard atterré.

La nouvelle l'affligeait bien plus qu'elle ne le réjouissait. La succession liquidée, quel prétexte avait-il pour rester à D… ? Il fallait donc partir, et à vrai dire il ne s'en souciait que médiocrement. Il pria son homme d'affaires de veiller à ce que tout fût bien en règle, et à ne rien laisser en arrière, afin, disait-il, de ne pas être obligé de revenir à D… – Ainsi, ajouta-t-il en finissant, si quelques jours vous semblent encore nécessaires, ne vous gênez pas pour les prendre, j'attendrai.

Le soir venu, il s'achemina tout triste du côté du petit jardin.

À peine en eut-il franchi la porte, que Thérèse lui prit les mains.

– Vous allez partir ! s'écria-t-elle.

– Qui vous l'a dit ? répondit Gérard vivement.

– Personne, mais je le sais.

Elle porta les mains à sa tête comme elle avait coutume de le faire quand elle souffrait.

– Une voix me l'a dit en rêve cette nuit, reprit-elle. Et puis je le pressentais du premier jour où je vous ai revu. Est-ce qu'on ne part pas toujours ?

Elle parut s'attacher à ce souvenir flottant plus fortement qu'elle ne l'avait jamais fait.

– Oui, poursuivit-elle comme si elle se fût parlé à elle-même, le premier Rodolphe d'abord, puis lui le second, ils s'en vont tous, et moi je reste ! Que c'est triste, tous ces départs ! Ils font la nuit autour de moi.

Quelques larmes tombèrent de ses yeux et coulèrent le long de ses joues sans qu'elle y prît garde. Elle regardait dans l'espace. Le vent, qui se lève quelquefois avec la nuit, souffla doucement dans les arbres. Elle releva la tête et sourit tristement.

– Le vent pleure aussi, dit-elle.

Elle quitta Gérard et fit quelques tours d'allée dans le jardin, seule, à pas précipités. L'expression de son visage était navrante. Gérard n'osait pas la rejoindre : il aurait voulu consoler Thérèse, et cependant il ne voulait pas mentir. Il se taisait donc, craignant qu'une parole imprudente n'augmentât le trouble dans lequel il la voyait. Au bout de quelques instants, elle revint à lui :

– Puisque vous partez, dit-elle, je veux vous donner un portrait qu'on a fait de moi il y a deux ans, au temps où je me souvenais. C'est un petit médaillon. On dit qu'il est fort ressemblant. Me promettez-vous de ne jamais vous en séparer ?

– Je vous le promets, dit Gérard.

– Prenez-y garde ! Si vous veniez à le perdre ou à le donner, je le sentirais et j'en mourrais !

On voyait à son accent et à l'éclat de ses yeux qu'elle avait la fièvre. Gérard prit sa main, qui était brûlante. – Pourquoi cette exaltation ? dit-il en s'efforçant de sourire. Croyez-vous donc que la vie tienne à un portrait ?

– Oh ! reprit-elle, il y a des choses que vous ne savez pas. J'avais un beau portrait de Rodolphe ; chaque matin, je lui disais bonjour, comme si lui eût été là pour m'entendre et me voir. Un matin, je le trouvai par terre ; en tombant, un bout du cadre avait touché le feu, et la toile était à moitié consumée. Mon cœur se serra, et un pressentiment terrible m'envahit tout entière. C'est depuis ce moment qu'on cessa de me parler de lui ; c'est depuis ce moment que je souffre de cette douleur à la tête qui ne me quitte presque jamais. Vous êtes arrivé, et cependant je ne suis pas guérie !

Elle quitta Gérard et courut vers la maison, d'où elle revint un moment après avec le médaillon suspendu à un ruban bleu. – Tenez, dit-elle, prenez-le. Je n'ai plus ce même sourire, mais le cœur n'a pas changé. – Elle passa le ruban au cou de Gérard, qui se sentait venir des larmes dans les yeux en le regardant, et le ramena doucement au salon, où Mme de Lubner lisait douillettement blottie dans un fauteuil.

De l'agitation que Thérèse avait laissé voir une heure auparavant, il ne restait plus rien qu'un peu de pâleur. Elle s'assit au piano, joua d'abord lentement, puis avec feu, et se mit à chanter la Marguerite au rouet de Schubert avec une telle expression, que Gérard croyait l'entendre pour la première fois. Frappée elle-même de cette expression, Mme de Lubner laissa tomber le volume sur ses genoux. – Je crois, dit-elle en se penchant à l'oreille de Gérard, je crois que la raison lui revient.

– Hélas ! répondit Gérard tout bas, je crois que son âme s'en va !

Il est difficile de savoir ce que Gérard eût fait, si, à peu de jours de là, il n'eût reçu une lettre de l'ami auquel il avait écrit peu de temps après son arrivée à D… Cette lettre lui annonçait qu'une affaire dans laquelle Gérard avait engagé presque toute sa fortune était en grand péril. S'il ne voulait pas tout perdre, il devait se hâter et revenir à Paris sur-le-champ. Cette nouvelle fixa les irrésolutions de Gérard, comme un poids fait tout à coup pencher l'un des plateaux d'une balance. Thérèse était prévenue de son départ. Cette ruine dont il était menacé ne lui permettait plus, en supposant qu'il y eût jamais pensé, de demander la main d'une héritière aussi riche que l'était la rêveuse fille. Pouvait-il en outre abuser de l'erreur où la folie de son cœur la jetait, et l'épouser au nom de Rodolphe ? Gérard se dirigea vers le jardin, bien décidé cette fois à dire à Thérèse qu'il partirait le lendemain.

Dans sa précipitation, et comme un homme qui vent prendre un parti brusquement, dans la crainte d'en changer s'il hésite, il avait oublié l'heure, et arriva chez Thérèse au moment où elle était encore dans son sommeil léthargique. Sa présence la réveilla en sursaut. Elle se leva d'un bond et se jeta dans ses bras. – Ah ! dit-elle, je savais bien que vous partiriez, mais je ne croyais pas que ce fût si tôt !

Gérard la ramena sur un fauteuil, où elle resta quelques minutes sans parler, la tête appuyée sur l'épaule du jeune homme. Il sentait les pulsations de son cœur, qui battait à coups pressés.

– Adieu donc ! reprit-elle enfin, adieu !

– Mais je reviendrai, se hâta de répondre Gérard, je reviendrai bientôt.

Thérèse secoua la tête et le regarda bien en face. – Vous, jamais ! dit-elle avec force.

– Mais pourquoi ! Croyez-vous donc que je puisse vous oublier ?

– Je ne sais pas si vous m'oublierez, mais bien certainement vous ne reviendrez pas.

Elle laissa tomber sa tête sur sa poitrine et demeura quelque temps dans un accablement profond, les mains jointes sur ses genoux.

Gérard un instant se demanda s'il ne ferait pas bien de renoncer à Paris, de dévouer sa vie à cette charmante fille, de l'emmener dans quelque lieu désert, et d'en faire sa femme quand à force d'amour et de dévouement il l'aurait conquise à la raison ; mais si elle l'aimait, n'était-ce pas un autre qu'elle aimait en lui ?

– Au moins, dit Thérèse en l'attirant vers elle, aimez-moi toujours. Cela ne vous fera pas grand'peine et me fera grand bien.

Elle prit des ciseaux et coupa les rubans bleus qu'on voyait sur sa robe.

– Vous parti, poursuivit-elle, personne ne me verra plus dans cette parure... Il me semble que je suis veuve !

Mme de Lubner sortit de la chambre pour ne pas laisser voir à Thérèse qu'elle pleurait.

– Mais, dit Gérard, vous parlez comme si nous ne devions jamais nous revoir ! Si cependant je revenais, que diriez-vous ?

– Oh ! alors, répondit-elle presque gaiement, vous me retrouveriez avec ma robe blanche et mes rubans bleus... Je vous le promets.

Il fallut enfin se séparer, Gérard redoutait beaucoup ce moment. Thérèse s'y montra plus ferme qu'il ne l'aurait cru ; elle était seulement d'une pâleur de morte.

Quand il fut à la porte du jardin, Thérèse le serra sur son cœur avec un mouvement de passion qui bouleversa Gérard. – Surtout, lui dit-elle tout bas à l'oreille, ne perdez pas le portrait ! Adieu ! ajouta-t-elle.

Elle ouvrit les bras, poussa la porte et rentra dans le jardin, Gérard se pencha sur la grille et vit la robe blanche de Thérèse qui s'éloignait entre les arbres. Une minute après, il ne vit plus rien. Il se sauva en courant et sans regarder derrière lui.

À quelques jours de là, Gérard était de retour à Paris, et le tourbillon de la vie le saisissait de nouveau. Le soin de ses affaires lui prit d'abord quelque temps : il dut chercher ses amis et renouer les relations rompues, puis le courant de l'habitude l'entraîna, et la pensée de retourner à D… ne se présenta presque plus à lui. Ce n'est pas qu'il eût oublié Thérèse, mais les mêmes motifs qui l'avaient décidé à la quitter ne se rencontreraient-ils pas ?

Pendant les premières semaines, il éprouvait chaque jour, vers sept ou huit heures, un sentiment de tristesse qui le ramenait en esprit à D… C'était l'heure où il avait coutume d'aller au jardin, et il revoyait Thérèse qui courait au-devant de lui ; le vent de sa course agitait ses rubans bleus, et elle souriait. Souvent alors il tirait le médaillon de son étui et le regardait, quelquefois même il l'embrassait comme eût fait un amoureux de vingt ans. Si quelqu'un de ses amis l'eût surpris dans ces moments-là, Gérard n'aurait plus su où se cacher. Au bout d'un certain temps, cette impression s'affaiblit, et trois mois ne s'étaient pas écoulés, qu'elle était presque entièrement effacée. Gérard était à Paris et en subissait l'influence.

– Pauvre Thérèse ! disait-il quelquefois en fumant son cigare le soir sur le boulevard. Un ami passait, et Gérard oubliait Thérèse.

À cette époque, par désœuvrement et aussi peut-être par imitation, Gérard était en fort grande relation avec une jeune personne qui appartenait au corps de ballet de l'Opéra. Mlle Clotilde, – c'était son nom, – avait ses grandes et petites entrées chez Gérard, et en usait fort librement. Un jour qu'elle furetait partout comme un jeune chat, elle mit la main sur un étui en peau de chagrin qui renfermait un portrait. Gérard voulut lui faire remettre ce portrait, qui n'était autre que celui de Thérèse, dans le tiroir où Mlle Clotilde l'avait découvert ; elle n'y voulut jamais consentir, et il en résulta une querelle, à la suite de laquelle et dans un mouvement de dépit Mlle Clotilde lança au feu l'étui et le portrait, Gérard se jeta à genoux devant le foyer, et écarta les tisons pour sauver la miniature, s'il en était temps encore. Il trouva la petite plaque d'ivoire un peu endommagée par l'action du feu ; mais l'image de Thérèse, sauf quelques légères atteintes, n'avait que faiblement souffert. Gérard porta cette image à ses lèvres avec un mouvement passionné ; puis, se tournant vers la danseuse, il lui montra la porte avec un visage si terrible, qu'elle sortit précipitamment sans répondre.

Tous les souvenirs de D... avaient afflué vers son cœur avec violence, comme les eaux d'une rivière chassées de l'écluse. Deux jours après cette scène, Gérard reçut une lettre qui portait le timbre de D... Il l'ouvrit avec un secret effroi, et y trouva ces mots :

« Thérèse à son ami Rodolphe,
« Je suis bien malade, et il me semble que je vais mourir. Si vous vous souvenez de celle qui vous a tant aimé, hâtez-vous ; cela m'attristerait de m'en aller avant de vous avoir embrassé. Si je meurs sans vous avoir revu, mon cœur vous enverra son dernier soupir. »

Gérard eut comme un vertige. Tout ce que Thérèse lui avait dit sur l'influence mystérieuse qu'elle attribuait au portrait se retraça dans son esprit en caractères de feu. – Je ne la reverrai plus ! je ne la reverrai plus ! répétait-il en retournant la lettre dans tous les sens.

Le soir même, il partait pour l'Allemagne à moitié fou. S'il avait rencontré Clotilde, il l'aurait tuée. Dans l'espèce d'égarement où l'avait jeté cette lettre, il attribuait à cette fille la maladie qui mettait en si grand péril l'existence de Thérèse. Dès qu'il fut arrivé à D..., il courut au petit jardin. Comme il passait devant l'église des jésuites, il entendit le glas d'une cloche ; il frissonna de la tête aux pieds.

– Ah ! mon Dieu ! dit-il, Thérèse est morte !

Il précipita sa course, et toucha enfin à cette porte verte qu'il avait si souvent franchie le cœur joyeux : il la poussa ; le jardin était désert. Il le traversa en courant et entra dans la maison.

– Ah ! monsieur, lui dit un vieux domestique, montez vite !

Gérard grimpa l'escalier aussi rapidement que le lui permettaient ses jambes, qui tremblaient sous lui ; il ne comprenait pas le sens de cette exclamation. Était-il arrivé seulement pour recevoir le dernier soupir de Thérèse, ou l'attendait-on pour la sauver ?

Quand il fut entré dans la chambre de Thérèse, un pitoyable spectacle frappa ses yeux. La pauvre fille était couchée sur son lit, les mains jointes et le visage blanc comme un cierge. Mme de Lubner pleurait la tête cachée entre les draps du lit. Une sueur froide mouilla les tempes de Gérard. – Morte ! s'écria-t-il.

Mme de Lubner releva la tête à ce cri et reconnut Gérard.

– Ah ! dit-elle en levant les mains au ciel, nous n'avons plus d'espoir qu'en vous !

Gérard comprit que Thérèse vivait encore. Il s'approcha du lit, et tomba à genoux ; mille sensations diverses agitaient son cœur ; il n'aurait jamais pu dire ce qu'il pensait. Il resta quelques minutes immobile, regardant Thérèse, qui ne bougeait pas. Il ne pouvait ni parler, ni pleurer : il étouffait.

Mme de Lubner lui raconta que Thérèse souffrait assez fréquemment de la tête depuis un mois ou deux. – Mais rien, ajouta-t-elle, ne pouvait faire croire qu'elle fût en danger de mort. Après votre départ, elle ne montra aucun changement dans son humeur et dans son genre de vie. Seulement elle ne souriait presque plus, et le coloris de ses joues ne reparut pas, comme si votre absence eût enlevé tout le printemps de son cœur et de son visage. Elle chantait souvent et se promenait beaucoup, dans le jardin surtout, où je l'entendais quelquefois causer seule avec animation et à demi-voix. Chaque fois qu'on frappait à la porte, elle tressaillait et faisait le mouvement de se lever pour courir, comme elle en avait l'habitude quand vous arriviez ; puis elle secouait la tête tristement et restait assise sans parler. Quand je prononçais votre nom en essayant de lui dire que vous reviendriez quelque jour, elle me regardait avec une expression de douleur si navrante que j'y renonçais. Je la surpris tout dernièrement travaillant avec une activité fiévreuse à un certain ruban de soie blanche sur lequel elle brodait en bleu deux initiales, un R et un T. – C'est ma ceinture de noces, me dit-elle avec un singulier sourire ; tu la lui donneras, s'il la demande. Elle ne travaillait jamais à cette broderie que sous le berceau, où elle vous attendait chaque soir du temps de votre séjour à D… Voyez, le T n'est pas achevé.

Et Mme de Lubner tira d'une boîte à ouvrage, pour le montrer à Gérard, un ruban sur lequel l'aiguille était encore attachée.

– Un matin que j'avais laissé Thérèse au salon, reprit Mme de Lubner, j'entendis tout à coup un grand cri. J'accourus et je trouvai Thérèse renversée, toute blanche, raide et les yeux fixes. On l'emporta dans sa chambre, et on eut beaucoup de peine à la faire revenir ; encore ne fut-ce que pour peu d'instans. Elle demanda une plume et du papier, vous écrivit et cacheta la lettre en priant qu'on la jetât à la poste sans tarder. Le messager partit, et elle le suivit des yeux jusqu'à la porte, après quoi elle laissa retomber sa tête sur l'oreiller, ferma les yeux, et ne remua plus. Le médecin, qu'on était allé chercher, ne put jamais la tirer de cet état. Elle est comme morte depuis ce moment ; nous savons seulement qu'elle existe.

Gérard avait écouté ce récit les yeux fixés sur Thérèse : il craignait de parler de peur d'éclater en sanglots ; cependant il demanda à Mme de Lubner l'heure et le jour précis où Thérèse avait poussé ce grand cri qui avait mis toute la maison en rumeur. Il apprit par sa réponse que le jour et l'heure concordaient avec la découverte que Mme Clotilde avait faite du portrait de Thérèse.

Gérard se leva en chancelant. – Elle m'avait dit qu'elle en mourrait ! murmura-t-il.

Il prit tout à coup les mains de Thérèse entre les siennes, et sans savoir ce qu'il faisait, dans un mouvement d'exaltation et de désespoir, avec des cris, des larmes et des baisers, il se jeta sur le corps inanimé de la pauvre fille. Il était comme fou, et la suppliait de ne pas mourir. Comme il l'étreignait dans ses bras, il sentit un souffle léger passer sur ses lèvres.

Il se releva d'un bond.

– Elle respire ! s'écria-t-il.

Le médecin, qu'on fit venir en toute hâte, trouva un certain changement dans l'état de Thérèse. – Oui, dit-il, le cœur bat… Tout dépend de la crise qui suivra son réveil.

Vers le soir, Thérèse ouvrit les yeux : elle regarda autour d'elle, vit Gérard, poussa un cri, et lui tendit les bras. Il s'y jeta, et presqu'au même instant elle éclata en sanglots.

– Elle est sauvée ! s'écria le médecin.

– Ah ! ne nous quittez plus, dit Mme de Lubner en s'attachant aux mains de Gérard.

Mais ce n'était pas tout que de lui avoir rendu la santé du corps, il fallait encore rendre à Thérèse la santé de l'esprit, et là n'était pas le moins difficile. Sa convalescence fut assez longue et demanda beaucoup de ménagemens ; l'ébranlement qui l'avait mise aux portes du tombeau avait laissé des traces profondes qui ne pouvaient pas être effacées en quelques jours. La sensibilité de Thérèse, déjà excessive, était surexcitée ; la moindre émotion la faisait pâlir ou trembler ; elle était en quelque sorte comme une harpe dont les cordes tendues résonnent au plus léger vent. On aurait dit que la vie, un instant chassée de ses lèvres, avait peine à s'y rasseoir. Gérard, qui passait auprès d'elle ses journées entières, remarqua que Thérèse éprouvait des troubles et une inquiétude qui ne lui étaient pas habituelles. Il la surprenait souvent la tête dans ses mains, immobile et pensive, comme si elle eût écouté au fond de son âme le bruit d'un travail mystérieux. Elle regardait en dedans, comme elle disait elle-même, et analysait ses songes pour y découvrir quelque chose de réel.

– Je vois quelquefois des lueurs, lui dit-elle un soir, mais je ne vois pas encore de clartés ; puis les lueurs s'effacent et les ombres reviennent.

Dans les premiers jours qui suivirent son réveil, Thérèse ne voulait pas se séparer de Gérard. Elle craignait toujours qu'il ne s'en allât pour ne revenir jamais. Il fallait employer mille promesses et presque la ruse pour la déterminer à quitter sa main. Elle la retenait longtemps emprisonnée entre les siennes et le suppliait de ne pas partir.

Mme de Lubner imagina de faire préparer une chambre que Rodolphe avait occupée autrefois, et qui n'avait plus été ouverte depuis la mort de ce jeune homme.

– J'ai fait mettre, dit-elle à sa nièce, des fleurs dans les vases et des bougies aux flambeaux qui sont dans la chambre verte : dès ce soir, il pourra s'y installer.

Mais à leur grande surprise à tous deux Thérèse, bien loin de témoigner de la joie, laissa voir une sorte de mécontentement ; elle n'insista plus pour que Gérard restât dans la maison. À ce mot de chambre verte, un nuage passa sur son front, et avec une vivacité dont elle ne donnait presque plus de preuve, elle courut à l'étage supérieur et en ferma la porte à clé.

Bien sûre que personne n'y entrerait plus sans sa permission, elle redescendit au salon et tendit la main à Gérard.

– Adieu donc, lui dit-elle, à demain !

Sa voix n'avait rien perdu de sa douceur et son regard de sa tendresse, mais elle ne parla plus de le retenir.

Un autre changement s'était opéré en elle. Thérèse n'appelait plus Gérard du nom de Rodolphe, elle ne l'appelait pas Gérard non plus : elle l'appelait mon ami. Ce mot, qui ne précisait rien, répondait-il à un doute ? Était-ce dans son esprit une de ces lueurs indécises qui annoncent l'aurore naissante et précèdent le jour ? Gérard l'espérait, mais il n'osait pas le croire encore. Il craignait surtout que, la lumière se faisant dans cette intelligence, il ne perdît Thérèse sans retour. Il avait, sans se l'avouer, toutes les timidités et toutes les peurs de l'amour véritable.

Thérèse voulut voir un jour le médaillon qu'elle lui avait donné ; elle reconnut les traces du feu qui en avait légèrement endommagé l'ivoire. Encore quelques secondes, et l'image, altérée déjà, disparaissait tout à fait.

– Je sais maintenant pourquoi j'ai été malade, dit-elle.

Et elle lui rendit la miniature sans demander d'explications.

Un autre jour qu'ils étaient ensemble dans le jardin, Thérèse prit le bras de Gérard et fit quelques tours d'allée. Une teinte rose adoucissait la pâleur de ses joues, son front avait retrouvé toutes les grâces de la jeunesse et de la santé ; elle ne disait rien, et cueillait, chemin faisant, des fleurs à tous les buissons. Après qu'elle eut fait un bouquet, elle soupira :

– Que j'en ai déjà cueilli de ces fleurs ! dit-elle… Celles-ci ne sont plus celles que j'aimais hier, et les fleurs de demain ne seront plus celles que j'aime aujourd'hui !

Ses yeux rêveurs regardèrent longtemps le bouquet, comme si elle eût voulu lui demander le secret des pensées qui l'obsédaient ; puis elle s'arrêta, et se tournant vers Gérard :

– Que deviennent les fleurs de l'an dernier ? lui demanda-t-elle.

– Elles meurent, répondit Gérard.

Thérèse attacha sur lui ses yeux tendres et voilés.

– Ah ! oui, reprit-elle, elles s'en vont ; ce ne sont plus les mêmes qui reviennent, et ce sont toujours des fleurs.

Ses regards brillèrent tout à coup ; elle prit la main de Gérard et la serra.
– C'est comme vous ! s'écria-t-elle, c'est vous que j'aime, et ce n'est pas vous que je pleure !… C'est le même amour, et ce n'est plus la même fleur !

Gérard ne pensait plus à Paris ; le monde n'avait pas d'autres limites pour lui que les frontières du petit jardin où il rencontrait Thérèse. Quand il se rappelait le jour où elle avait failli mourir, il frissonnait encore et s'étonnait d'avoir pu, par son indifférence et son égoïsme, faire souffrir une aussi aimable fille. Il se la représentait heureuse et gaie, dans quelque coin de terre, avec lui, et se promettait bien de ne plus écouter jamais que la voix de son cœur et non pas celle de la raison. Il était assez riche d'ailleurs pour qu'on ne l'accusât pas de chercher une satisfaction d'intérêt dans son mariage avec Thérèse. Si donc elle l'aimait, pourquoi sacrifierait-il son bonheur à de misérables considérations ? Mais la question était justement qu'elle l'aimât et qu'elle ne crût pas épouser Rodolphe en épousant Gérard.

Thérèse était comme un voyageur qui suit dans l'ombre un chemin au bout duquel s'ouvre un précipice. Le précipice franchi, c'est le pays de Chanaan ; mais un faux pas peut le jeter au fond du gouffre. Thérèse franchirait-elle ce précipice ?

Un soir que Thérèse était assise dans le jardin, traçant d'une main distraite des lignes sur le sable, Gérard lui proposa de faire une promenade dans la campagne. Elle se leva et lui prit le bras.

– Bien volontiers, dit-elle, j'ai comme la fièvre ; le grand air la dissipera.

Elle avait en effet le visage coloré et les yeux brillans. Gérard s'aperçut que sa main tremblait.

– Vous est-il arrivé quelque chose ce matin ? lui demanda-t-il.

– Non, reprit-elle, ma tante range le linge, et vous savez que lorsqu'elle met la main aux armoires, elle n'en finit plus… Je suis restée seule,… j'ai fait un peu de musique,… j'ai lu, et le hasard m'a fait tomber sur un livre de chevalerie. Il y était question d'un paladin qui d'aventure en aventure était arrivé dans un certain royaume dont je ne sais plus le nom ; ce royaume avait pour propriété singulière de changer en fantôme quiconque en passait les frontières. On y voit les gens qu'on a connus en rêve, et ils vous parlent d'événemens qui n'ont jamais eu lieu, mais dont on se souvient. J'ai fait cette réflexion, que je suis un peu la parente de ce paladin et que j'habite ce royaume peuplé de fantômes.

— Vous ! s'écria Gérard inquiet de la tournure que prenait l'entretien.

— Oui, moi ! Et ce n'est pas si fou ce que je dis là ! J'ai beaucoup pensé depuis que j'ai été malade, et j'ai bien vu qu'on ne me parlait pas comme à tout le monde ; j'ai des tressaillemens extraordinaires en moi. Les mots me semblent avoir une signification qu'ils n'avaient pas, et des choses auxquelles je ne prenais pas garde autrefois me bouleversent à présent. Tenez, l'autre soir, le vent soufflait, les feuilles d'un peuplier tombaient une à une dans la fontaine, je les regardais, et il me semblait que c'étaient de pauvres âmes qui s'en allaient. Les larmes me sont venues aux yeux ; moi aussi j'ai failli m'en aller !... M'auriez-vous pleurée ? Oui, n'est-ce pas ?

La voix de Thérèse et ses paupières gonflées indiquaient assez que son cœur était plein de sanglots. Gérard avait la gorge prise comme dans un étau ; il se pencha sur les mains de Thérèse et les couvrit de baisers.

— Oh ! je vivrai ! reprit-elle,... je ne m'en irai pas : mais, tenez, je ne vous dis pas tout... J'ai bien vu que le médaillon que je vous avais remis était un peu détérioré... D'autres mains que les vôtres l'ont touché,... d'autres yeux l'ont regardé... Savez-vous pourquoi je ne vous ai pas interrogé ?... C'est parce que je craignais d'apprendre que vous avez dans votre pays une autre Thérèse que vous aimez... J'ai bien un autre vous, moi.

Gérard pressa le bras de sa compagne doucement, et, lui parlant tout bas comme à un malade qu'on interroge : — En êtes-vous bien sûre ? lui dit-il.

Elle s'arrêta court et secoua la tête.

– Non, plus à présent, répondit-elle, et cependant...

Elle se tut de nouveau, puis, frappant du pied : – Tenez, reprit-elle, il y a comme un bâillon devant ma bouche, comme un voile devant mes yeux... Oh ! ils tomberont, il faudra qu'ils tombent !

Le hasard de leur promenade avait conduit Gérard et Thérèse à la porte d'un petit cimetière dans lequel Mme van B... avait voulu être enterrée à cause des souvenirs de famille qui s'y rattachaient. Une tombe de marbre très modeste, avec une plaque sur laquelle son nom était gravé, indiquait la place où elle reposait. Quelques saules l'entouraient, et un gros lierre d'Écosse la couvrait de son feuillage d'un vert sombre. Gérard fit entrer Thérèse dans ce cimetière. À la vue des croix qui dressaient leurs bras noirs au milieu des herbes, Thérèse s'arrêta ; elle regarda autour d'elle, lut quelques noms inscrits sur le bois ou sur la pierre, et se serra contre Gérard.

– Pourquoi toutes ces croix, dit-elle, et pourquoi tous ces noms ? Ils me font peur.

Gérard la força de marcher avec lui.

– Ce sont les noms de ceux qui sont partis, dit-il, et ces croix sont pour avertir qu'ils ne reviendront plus.

Thérèse devint toute pâle. – Oh ! qu'il fait triste ici ! reprit-elle.

Gérard lui montra des doigts quelques-unes des tombes à demi cachées sous les saules et les cyprès. – Regardez, lui dit – il ; ces noms que vous voyez là ne vous rappellent-ils rien ?

Thérèse lut au hasard deux ou trois inscriptions, et tressaillit.

— Dorothée… Amélie… Augusta… mes amies d'autrefois ! Là Frédéric ! ici Joseph ! Voilà donc pourquoi je ne les voyais plus ! s'écria-t-elle.

De grosses larmes jaillirent de ses yeux.

— Pauvre Amélie ! je m'en souviens, ajouta-t-elle ; elle était si vive et si gaie !.. Et Dorothée qui m'aimait tant ! Parties toutes ensemble !… Ah ! pourquoi m'avez-vous amenée ici ?

— Et le bâillon ! et le voile ! Ce bâillon qui est sur votre bouche, ce voile qui est devant vos yeux, ne voulez-vous pas qu'ils tombent ? répondit Gérard.

C'était l'épreuve décisive, et il la faisait en tremblant. Tout en parlant, Gérard avait conduit Thérèse vers le tombeau de sa mère. Il la fit asseoir sur un coin du marbre, et lui prenant la main :

— Non, elles ne sont pas parties, dit-il ; celles que vous avez aimées sont là… elles sont mortes.

— Mortes ! ajouta Thérèse, mortes !…

Elle couvrit son visage de ses deux mains, comme pour ne pas voir la lumière qui se faisait autour d'elle ; elle se mit à pleurer ; on aurait dit que son cœur éclatait.

Mais Gérard, écartant ses mains, lui fit lire sous les feuilles du lierre le nom de Mme van B…

— Ma mère ! s'écria la jeune fille.

Et elle tomba à genoux, les mains jointes, au pied du tombeau.

C'était pour elle comme si sa mère fût morte le jour même ; le coup l'avait renversée, et son cœur se fondait à la fois en sanglots et en prières. Gérard la regardait immobile, debout auprès d'elle ; puisque Thérèse priait, c'est que Thérèse était sauvée. Au bout de quelques minutes, elle leva les yeux et lui tendit la main.

– Le voile est déchiré, dit-elle… vous m'avez appris à pleurer ma mère… Merci !

Elle promena lentement ses regards dans le cimetière comme si elle y eût cherché une autre tombe. On voyait qu'une question était suspendue à ses lèvres ; deux fois elle ouvrit la bouche et regarda Gérard comme si elle allait parler, mais elle se tut, et, cachant son visage parmi les touffes de lierre, elle se prit à pleurer de nouveau. Ses larmes cette fois n'étaient pas données à sa mère.

Thérèse et Gérard quittèrent le cimetière au bras l'un de l'autre sans parler. Gérard sentait bien que son sort allait se décider, mais une sorte de pudeur l'empêchait d'interroger sa compagne ; il voulait laisser à sa douleur cette pauvre fille qui venait de retrouver sa mère et qui la trouvait morte.

Quand elle fut chez elle, Thérèse témoigna le désir d'être seule. Il semblait qu'elle voulût causer avec elle-même après ce long silence qu'elle avait gardé. – À demain ! dit-elle à Gérard. Et elle s'éloigna d'un air pensif en le laissant avec Mme de Lubner, à laquelle il raconta tout ce qui venait de se passer.

Gérard passa toute la nuit à se promener dans la ville, ramené toujours par une force invincible vers la petite maison qu'habitait Thérèse. Une lampe brillait derrière la fenêtre de cette chambre verte où elle n'avait pas voulu que Gérard entrât. On voyait son ombre passer devant les rideaux blancs ; une fois son visage se colla contre la vitre et y resta longtemps. Gérard, caché dans la nuit, la regardait. Que faisait-elle à cette heure dans cette solitude ? Y demandait-elle des conseils aux souvenirs qui l'habitaient ?

Le lendemain, Gérard arriva chez Thérèse à l'heure accoutumée. Il la trouva dans le salon, et toute en noir, avec Mme de Lubner. Il n'y avait plus ni robe blanche, ni rubans bleus. L'expression de son visage était changée. Thérèse était comme transfigurée. Gérard ne reconnaissait ni son sourire, ni son regard. L'accueil même qu'elle lui fit était si nouveau, que Gérard ne put en soutenir la réserve et l'apparente froideur. Excité par la fatigue et les rêves de la nuit précédente, il crut y voir la condamnation de ses espérances et courut au-devant de cet arrêt dont son cœur ressentait déjà les atteintes.

– Je viens vous faire mes adieux, dit-il d'une voix qui tremblait.

– Vous partez ? demanda Thérèse.

– Oui, je pars, reprit-il ; je n'ai plus rien à faire ici. Dieu m'est témoin que j'aurais voulu y rester toujours, mais je ne suis pas celui dont vous aimiez le souvenir… Faut-il que je sois un étranger pour celle auprès de qui j'ai passé tant d'heures, les plus belles de ma vie ? J'ai peur que vous ne me pardonniez pas d'avoir si longtemps accepté un nom qui n'est pas le mien, et cette pensée m'est odieuse. Ah ! si vous étiez encore telle que je vous ai connue !… mais c'est impossible,… c'eût été trop de bonheur ! Serez-vous plus heureuse demain que vous l'étiez hier ? Je ne sais, j'ai fait mon devoir… Votre esprit est libre, Thérèse,… adieu !

Gérard était à bout de forces ; la jeunesse et l'amour faisaient explosion en lui. Il se retourna pour ne pas laisser voir le bouleversement de son visage et fit un pas vers la porte.

– Gérard ! s'écria Thérèse.

Gérard s'arrêta. Les yeux de Thérèse rayonnaient d'intelligence et d'amour.

– Mon nom ! dit-il, et d'un bond il tomba à ses pieds.

– Ah ! mes pauvres enfans ! s'écria Mme de Lubner, je n'y tiens plus, il faut que je vous embrasse tous les deux…

À quelque temps de là, un jeune homme, qu'on voyait souvent sur le boulevard, arrêta un de ses amis à la sortie de l'Opéra.

– Eh bien ! sais-tu la nouvelle ? lui dit-il.

– Laquelle ? Il y en a tant !

– Gérard, tu sais, ce pauvre Gérard qui était si gai et qui perdait toujours au lansquenet…

– Est-ce qu'il est mort ?

– Ah bien oui ! Il s'est marié.

– Ah ! mon Dieu ! et avec qui ?

– Avec une petite Allemande qu'il a rencontrée je ne sais où, sur les bords du Rhin… Voilà où mènent les voyages…

– Amen ! dit l'autre.